フロム・ティンバーランド

中尾太一

思潮社

フロム・ティンバーランド

中尾太一

一秒の野へ

目次

II　ティンバーランド

装幀　菊井崇史

風が吹いていた
それは渦巻く瞳になって他を無風にする、いや、荒れ狂わせる
鍵のような孤独によって壊れ、少しだけ開かれた窓ががたがたと揺れている
誰かがその家を訪っている
「語られる言葉のわたしたち――」
そういい残してから横殴りの雪の幻影が外へ出ていった
この家に安置されている一体の、だから一対の、ともいえる遺体は結晶していた
意思がそこにある、とも見える
そして一体の、だから一対の意思は僕たちを雪の幻影のなかに導いていく
僕の網膜に現れた意思たちは荒れ狂い、言葉が扉を開いた
家のなかには風が吹いていた
外は無風だった
いや、荒れ狂っていた

I　瞬間の闇と

i　家　dead poets

かつて僕たちが共に暮らしたこの家の、古びた机に向かい
僕は今日、君に伝えることのできる言葉を少しだけ持っている
それらに促されるままに
星辰の瞬きよりも果敢ない比喩の時間を過ぎていった、僕たちの魂の
ここに残った静かな面影について
僕は君に書くことになるだろう
それは君がよく知っているある出来事の
終わりようのない顚末を生きる僕の意識と、その短い覚醒によって
僕がこの家に持ち込み
そしてこの家から送り出した時代への
大切な記憶になるだろう

君は覚えているだろうか
この部屋の錆びついた窓枠の向こうに見えた松林のなかで
激しい雨に濡れていた二つの人影を
おそらく師弟として長い旅を続けてきたかれらの
それは最後の時間だったと思う
みすぼらしい外套を着ていた一人の凍てついた背骨からは
小さな木の幻影が生えていた
今にも消えてしまいそうなその樹影を体に引き写していた若いもう一人は
片目を深く穿たれ
懊悩の果てに開いた悲しみの名によって
全身が巣食われているように見えた
師弟は多くの血を流していた
一人は割れた頭から
一人はかつて瞳のあった場所から
だけれど、今となれば次のように語ることもできるのかもしれない

解き放たれた力の渦との戦いののち
時間を超える敗走の過程で最後まで虐げられ続け
か細い望みの道の上に
強張った筋と黒くなりかけた血を押し出しながら自らを現そうとした人間の
それは死後の姿だったと
師弟と邂逅して数年ののち
僕の言葉が親のいない動物のように森を彷徨っている
それらが描く濡れた軌跡を「か細い望み」と見違えたかれらが
再びこの家に現れている

雪原に反射する無数の銀の光のように
羽虫が部屋を飛び交っている
僕の裸体を見つめる硬い甲虫のような意識が
血の内側に刻まれた言葉の轍に明かしえぬ生の場を説いている
時間を超えてやって来る手の、もう若くはない伸長が

僕の体を真っ白なシーツの上に横たわらせていた
開いた窓から射し込む光の遠近に揺られ
人のかたちを離れながら
僕は天蓋の全辺に吸い込まれていく
君の性器から香る藻のような懐かしい匂いが鼻腔に広がり
過ぎた季節を通っていった風が
僕の体を包み込んでいた

君がまだこの家にいたころ
僕たちの言葉はどうやって師弟の前に立っていればいいのか分からなかった
かれらの姿にたいして
「どうしてそんなふうになったのですか」と問うための言葉の在り方を
僕たちは知らなかった
雨が降っていた
家は病に侵食されていた

それは僕たちに網のように投げかけられた恐怖だった
螺旋状に絡み合う肉体の影が魂の床を濡らしていた
羽虫の波長が二つに分かれていく
君に通っていた血は前とは違う表情をして僕の前に現れるようになった
君の言葉は僕の体の内で鈍い痛みを伴う芯棒になり
僕は冠状の「受苦」によってそれを耐えていた
「いや、何も変わらなかったよ、エル・ノウとはまた会うよ」と
今日も君は僕の名前を口にしながら答えるだろうか
「僕の体も、エル・ノウという自己の名にいずれ会うだろう」と
伸びきった後の手足を焼かれる虫の四肢のように固く収縮させながら
僕は静かに呟いた

この家で僕たちは詩を失っていた
その論理は簡単だった
比喩という現象を僕たちが生の内に表現できなくなっていたということだ

いつのことだっただろう
自己への無知と知悉の間で
あんなにも軽やかに言葉が自在していたのは
そこを泳ぐ僕の手は
僕が生きている理由にひどい引っかき傷をつけながら
その痕に萌え出る言葉を生の場に引き戻してもいた
森がざわめいている
風は恥毛のようにやわらかく生え揃った草の間をなでていった

すぐそこまで伐採が進んでいた
森のヴェールに隔てられた家が晒されようとしていた
ああ、でも僕は二人分の仕草によって
今日も紅茶の用意をする
その動きの隅々に行きわたる若い血が自己の熱い吐息を思い出していた
中空に舞う羽虫の波長をみすぼらしい下腹に疼く生の根源が大きく吸い込むと

薄桃に色づいた僕の胸骨が伸びやかに膨らんだ
そこで甘く締め付けられる性を
僕は微笑むように迎え入れようとしていた
あまりにも感傷的すぎるその遠心力に翻弄されながら
あまりにも感傷的に踊ってみたいと
そのとき僕は思ったのだ
そうすれば師弟の瞳にも映る僕の体が何かを書きはじめるとでもいうように

なおも羽虫が舞っている
それらが朽ちかけた階段の手すりに体を休め、風に攫われては揮発していく
木々はむず痒い具象を脱ぎ捨てて自らの中心へと向かう透明な水になり
大らかな非在の芳香を僕の鼻腔に知らせている
それら、この一日を訪れる世界と挨拶を交わしながら
めぐり来る季節が鮮烈なまでに潤い、去っていく
それは星の公転を表現するだけの光などではなかった

自己の内から取り出した新しい幼さとぬくもりに訪われて
僕は老いを忘れ
魂の斜面に突き刺さったままのピッケルに背を凭せ掛けながら
昇る朝日を待ち望んでいた
「契約」とも読める「窓枠」の向こうで樹々が揺れている
そこに降りしきる雨の斜線が見える
その斜線に鋭く貫かれた師弟の体温がオーロラのように広がり
その光に照らされたからだろうか
今では芦毛の馬さえ見えるようになった
その馬の名前を僕は知っているだろう
「寒い」と、かれら師弟は名付けたのではなかったか
もしくは「わたしたちの唯一の脚」
あるいは「破片」と

師弟の皮膚は傷つき、破れていた

そこから告白のように溢れ出る時間があった
森の摂理に小さな火を放ちながら
眩しいくらいの月の光が辺りを照らしていた
師弟の意識は僕たちの体をやさしく蝕んでいった
死に向かって色づいていく心がそこにあった
かれらと出会うことで僕たちに生まれた時間の一切が
僕たちに襲い掛かる未知の恐怖を薙ぎ払っていくように思えた
僕たちの生活の全辺が格子状に発熱し
その内に生まれる時間を家の外に持ち出そうとしていた
そのとき「語り」は師弟から僕たちの側に移行していった
なぜならかれらの死にゆく意識がかれらじしんを語る力などもうなかったから
僕たちの語りは汀のように、漣のように
語りそれ自体に打ち寄せ続けた
すると言葉の満ち引きに洗われる幽霊が僕たちを呼び止めていた
僕たち自身でもある伝達の内容が言語の閾を越えながら

僕たちの体に送り込まれていった
それを「心が拓くようだった」と君が表現したとき
僕たちの思いは一つだった
僕たちの生活は互いの心が触れあう箱となり
箱じたいもまた燃え上がっていた
繰り返しいうのではなく
僕が君の内で繰り返されることを願うようにいえば
僕たちは一つの闇によって貫通された二つの身体だった
そこに隠されている「文意」が
詩のかたちになって僕たちの血のなかで目を覚ましていた

この家には遺体がある
あるいは、もぬけの殻の詩がある
それは腐食のすぐ手前まで竜骨を傷ませている舟に横たわった
時間の残骸のように見えた

胸の上で透けるような手が静かに組み合わされている
弟子よりも深く抉られた両の眼窩に水が湧いている
僕はかつてこの遺体を「エル・イド」と名付けた

ii　大気の層より

途方もない渦を伴い訪う者が、はじめにあった
それは体の左側三分の一が壁のように潰れた異形の人間だった
頭頂から左目を通り、それからまっすぐ左足に向かって彼を潰している垂線は
炎、草木、風のかたち
そして小さな星々を
そこから萌え出させていた
「語られる言葉のわたしたち――」
訪う者はそういって
肉体の内にある韻律を奥の方へ向かって執拗に擦り潰しながら
自らの意味を濃くしていった
そのとき僕の肩に触れようとした君の指からさらさらという音が聞こえた
君の魂に開いた無数の穴から逃げていく君の体の音だった

僕は椅子に深く座って訪う者を見ていた
君は傍らに立って僕にいった
「エル・ノウ、僕たちの家に何かがやってきているね」
訪う者が自らのかたちを決するように内なる韻律の蠕動を止めたとき
漆黒が部屋を満たし、ざわめきが消えた
このときようやく訪う者は自分のことを「ミル」と名乗ったのではなかったか
挽かれ、潰された者――
その背後の、重機のような暗い渦に吸い込まれそうになりながら
僕たちの不安と恐怖がいく道の倫理が果てまでを認識していた
いや、果てまでをいく倫理が吹雪のように僕たちを襲っていた
外は荒れ狂っていた
僕が座っていた椅子がミルの半身から萌え出る現象に反応して
滾るような動詞の炎を内に宿しているようだった
庭園に小さな鳥が舞い降りるように
ミルは僕の「奥」にも現れていた

僕の下腹に巻きつき
だらりと垂れ下がったミルの半身から溢れ出る体液に溺れながら
僕もまたミルの「奥」を見ていた
それらの「奥」が擦れ合い、ぶつかり合い
この家の核が振動していた
少しだけ開いた窓から入ってくる陽光がミルと僕たちの合一を促していた
そこで一瞬の内に揮発する会話にそれらの「奥」が虫のように黒々と蝟集しては
生の容積を埋め尽くそうとしていた

「　I am a mill.　」
「　Hello, we are poets.　」

いったい僕たちは木を描くことなく枝葉を揺らす自己の風のなかで
魂が死ぬときの凪を長く生きていた
そのようにしか在ることのできない者の内を搔破する十字が

僕たちの体をそよがせていた

「　Hello, I am a mill.　」
「　Hello, I am a poet.　」

二つめの声がある確信を伴いながら君から発されたとき
兄弟の横顔を不潔なもののように見る自分を感じていた
それはこの家に「現象」を呼び覚ますきっかけになったのかもしれない
時を同じくして現れる者があった
擦り切れた黒衣に包まれ、まったく木偶のように見えながら
それはふわりと降りてきた
エル・イドだった
透けた体から覗く骨は僕たちの魂と相対していた
僕の口語がそのとき「　pity　」と発音した

エル・イドは死んだまま現れていた
この家の「奥」を揺さぶり起こすという意思が絨毯の赤い毛を逆立たせ
僕たちの下腹に眠る言葉の再生を、襲いかかるように待機していた
またそれは
両者が受苦し合い、互いにその肉を入れ替える場を
この森に運び込んだ
そのとき僕は幻想もしえたのだろう
荒れ果てた庭にも小さな鳥が舞い降りるように
それが自らの影にぴたりと着地するように
生まれ出る言葉のすべてが動き出し、生き物となり
それらがさまざまに組み合わされて
希望の実像をかたちづくるだろうと
だけれど省察はこのように僕たちを振り向いたのだった
「果てまでをいく展望はやさしい、そのとき倫理は?」
そうやって死者と僕たちは互いの気配を致命的なまでに感覚しながら

どこか聞き覚えのある問答の形式に言葉を奪われていった
そうやって僕たちの「文」は腐りはじめていた
ところで僕が使う「ように」という喩えを君はどう感じているだろうか
それらが「 and then 」だということにもう気づいているだろうか
この家の内と外を無数の「ように」の弧が渡っていく
それから、僕は椅子から立ち上がって歩き出していた
それから、動くものと動くものが意思を伝え合い
ミルから萌え出る現象と親和していく
「それから」という時間のなかでする連帯の端を染めていく朝焼けのような予感が
下腹の鉱脈へと続く韻律を僕に打ち込んでいた
その小さな「宿り」を理由に
どうして僕は人と共に生き続けることができなかったのだろう
荒れ果てた庭にも小さな鳥が舞い降りる、ように（それから）
自らの影にぴたりと着地する、ように（それから）
「想う」という言葉の意味がその内にあるままの時間になってここに現れ

融け合う人称の浜辺に寄せては砕けていく
そして宵明けと共に明らんでくる師弟の姿を
時間が止まったように、この家は見出していた――

僕は自らの名前、エル・ノウに
また会うだろう
亡き者が亡き者として彷徨うこの家の暗がりを
隆起させていくだろう
だけれど未来の心棒それ自体が恐怖であることに気づきながら
何度も僕の下腹に巻き付いたミルの体を掻き抱き
僕は「自分のことを忘れた」ともいっただろう
そして木を描くことなく枝葉を揺らす自己の風に
その砂のような触手に
僕の言葉は奪われていく
僕たちは行為の鐘楼に反響する自己否定のために

何かを愛することができなかった
それは自己の内に宿る果実の
自死に等しい生成を意味していた

ミルの半身に幾重にも巻かれた鎖の十字が
朽ちた橋のように崩れ落ちていった
ちりちりとその身をその身で挽きながら
「見えない詩のかたち」へと
存在の質量を移行させていった
家は傾いていた
外は荒れ狂っていた
ミルを離れた炎、草木、風のかたち
そして小さな星々は
いずれこの家に「見えない対価」を望むようになるだろう
だけれど僕は何を用意すればいい？

いや、どう在ればいい？
この家の「奥」を湧出させるように
僕の「奥」にも現れようとしていた鎖の、自らを解放しようとする音が
そのとき僕の脳髄を柘榴のように裂いていった

シンヨウ？
フミン？

自己否定の鐘楼に十字が旋回している
打ち捨てられたピアノの弦が調律を乞うている
そして数個だけ恢復される音階の裾を引き摺りながら
師弟は家に向かって歩きはじめていた
いや、足元は見えなかったのだから
かれらはただ動きはじめていたといったほうがいいだろう
その瞳から光を失うほどの集中を僕の体に向けて

かれらの実体がにじり寄ってきた
見つめられる者が感じる死を君は知っているだろうか
見つめられる者はそこからいなくなる
そうやっていなくなる「わたし」のなかに洪水のように流れ込む「運命」を利用して
師弟は自らの朽ちた肉体を家に運び入れようとしていた
まるで僕たちがなくしたものを
自分たちの命と交換するように
そして
Kola
君の娘が帰ってきた
トン、と床を鳴らして家に帰ってきた
Kola
この家の「奥」をnativeによってはじめて表現する者
「わたしが紅茶をいれるわ！」

iii　Kolaと死んだ人形

シンヨウ
フミン
かれらをそれぞれ名付けながら
愛されてここに来た
「ここに来た」と、わたしは過去形の最後のかたちでいう
だってわたしには「未来」がないから
わたしはみんなの言葉にはないルールを持って都度、帰ってくる
ぐるぐると同じ行為を繰り返す壊れた人形のように
ネイティヴで、心を開ききったまま
わたしはそこから先がない右腕の付け根で若木の松葉杖を挟んでいる
わたしは黒い靄に覆われた、ない足を持ち
そこを舐めまわす猫を連れて歩いている

驚くことにわたしは小さな突起でしかない右腕にようやく挟んだ杖で右の足を支えている
いったいどのような対角と平衡の概念がわたしのなかで駆動しているのだろう
体から臓物を捻り出すような嘔吐をしながら
わたしは今このときの座標を知らない
みんなもきっとどこに生きているのか分からないのでしょう
比喩するたびに濃くなっていくorigin の影が「わたし」という極値を予感したとき
暗い鉱石のような自分たちの原点を、あなたたちも感じたでしょう
わたしはさらにその奥に隠れて
動詞として暗闇に融けていったようなの
わたしはそこで何が起きているのか
いいえ、ここでなにが起こっているのかを知りつつある
そうよ、「影と闇を愛するもの」という名前を猫につけて
わたしはちょっと苦しそうな顔をした
それから
「やっぱりシャロンにするわ」と

見えない誰かと話をしていた
だけど
もしわたしがその誰かのことを前から知っていて
「フミン」と彼の名前を呼んだとしても
みんなを騙していたわけじゃない
なぜならわたしはいちばん近くでかれらを見ていたのだから
そのときフミンも
ムーンイエローの馬（とても小さかったの）にまたがって
わたしをじっと見つめていた
シンヨウは背の若木に吊るされるような格好でなにかを告白していた
きっと苦しかったことの記憶ね
わたしの右腕と左足の「もともとなかった箇所」には
大気が黒く渦巻いている
だからそれらの現象は「もともとあったもの」になるわ
だとしたら

ネイティヴとは、あるいは生前的とは
またわたしの体とは
いったいどういうことを意味するんだろう
わたしはもう朝日のように踊りはじめ
夕暮れのように眠り続けている
それは悲しいことなんだろうか
ある時軸をめぐり
鯨のように大きな心が海の底をも動かしながら星を公転させるとき
この家が中空に浮かぶ箱舟のように感じられることにわたしは眩暈を起こす
ここでは言葉と命の関係に大きな前提があるの
命が、言葉のなかに入ってくるの
わたしの心と体はそれらに補完される
そこには希望や恐怖の予感とそのかたちがあるの
わたしは闇に隠れたわたしを内から表現するそもそもの narrative として
死んだ人形のように生きている

そして、みんなに先んじて地表のように悲しい肌をあらわにしたわ
わたしはみんなに
わたしの内の隠された世界にようやく存在する名前をつけているの
だからわたしを死んだ人形ではなく
失われた「形」と思ってほしい
もともとあったものとして、想っていてほしい
それはわたしの右腕や左足のように「ないもの」だけど
この家に死者が集まる理由の一つでもあるのじゃないかしら
いいえ、わたしがわたしの世界のなかにようやくあるそれぞれの名を呼ぶとき
それぞれの心と体が隠れてしまった闇に
わたしは、わたしたちの存在のよすがを見出しているの
それがわたしへの自愛を意味するようなやりかたで
わたしは言葉に命を入れることが意味になるような
宇宙への隠遁としての生を生きているの

iv　静物たち

とぎれとぎれの輪郭から
小さな鈴の音が聞こえている
眼窩に浮かぶ虫たちの夥しい死骸は匂いを放ちながら
「なかみ」の流出に蓋をしている
エル・イド
黒い詰襟の服を着て
二つの眼窩から水と虫を湧き出させている者
髪は抜け落ち
ほとんど骸骨のような姿をして
ひどい病に侵されているみたいに腹だけが異様に膨らんでしまった者
僕たちと師弟、さまざまに繋がる魂の在りようを触発する
つむじ風

エル・イドが運んで来た静物の内側を
ゆっくりと押し広げていく有機体の暗い輝きがあった
ここではじめられているものがあった
僕たちがかつて比喩しようとした最果ての小さな現象
あるいは線状の言葉の表現を導きながら
世界の方へ息をしはじめる、宵明けの物語
それを君ではなく
愚鈍な者の後に来るnativeたちのために
僕は語ろうとしているのかもしれない
白いレースのカーテンが揺れている
封を開けることのできない未来が、封をしたまま
それじしんを読み終えている
そこには「言葉を誤るな」という声が響いていたが
閉じたままの未来に意味のない教訓を与えただけだった

この家の時代はいつも媒介を経た「恐怖」だった
僕の魂は自己の意味をいまだ知らず
何にも耐えることのない人たちの姿に酷似していった
幾つもの宇宙を渡ってきた億千万の人に兆す闇
その翳りと靄がKolaの四肢を蝕んでいた
君は聞いていただろうか
櫂を差し入れた静かな水面を一瞬で蒸発させる、Kolaの声を
窓がガタガタと鳴っている
透明ともいっていいような師弟の体が揺らぐ光の遠近を受け
被写の水滴を苦しそうに落としながら
力ない魂だけで家に向かって歩きはじめている
師弟の体は青白い炎の低温によって焼かれていた
かれらが意識を失いはじめた明け方ごろから
それは「夢のようなもの」に変化して

かれらの体温を最後まで奪っていった
それから師弟の姿が「何か分からないもの」になっていく過程を
僕は眠ることなく見ていた
かれらが生前に浴びていた木漏れ日を「光の錯乱」というふうに修正することを許しもする
それは耐えがたい時間の経過だった

エル・イドの内側で鳴る鈴の音が
水袋のようにその輪郭を振動させていた
大気の脊髄でもあるかのような一本の木が地表から突き出して
その若木とも老木とも見える巨大な構造物をもぞもぞと競り上がりながら
この星に巣食う虫たちが「受像」を欲して動いている
それから「受像」はかれらを「食い返す」ように捕捉していくのだった
そのとき生体から奏でられる音声の反響が
僕の内部の暗い眠りに数錠の薬を投与していた
「わたしの詩を殺すまで」という細胞の声が

そのとき聞こえた

自らを包む「何か分からないもの」に蝕まれ
弟子は最後の数時間のうちにもう一方の瞳を失っていた
師はすでに魂の振幅が止まっていた
まるで首を吊っているかのように幻視の若木に凭れかかり
割れた頭を「何か分からないもの」が出入りしては
ときおり無表情な痙攣を彼の体に走らせるのだった
師弟の外套は弦楽のように雨を弾いていた
「破片」だけが受像を拒み
夜の語りの層に留まっていた

僕たちの家にはじめて師弟が現れたとき
「ここからまっすぐに」と
かつて君が指さした「国道」のことを僕は思い出していた

そこで次々と重なり合った僕たちの幼い手は
「自己の殲滅」に向かう言葉の刃をそれから握りしめることになった
そのときリーダーだった君の才能の美しい片鱗が
今もこの森に舞い落ちている
僕たちの郷愁に良いものがあるとしたら
君の人差し指に止まった蝶のように柔和な「蜂起」を合図にして
それぞれがそれぞれの奥にある「詩」を立ち上がらせ
それぞれの「ほんとうの顔」を見つめようとしたことだろう
そのとき森から隠されるように伸びていた杣道に立ち尽くして
光る大きな魚を抱き上げていた僕は
僕たちがいくべきまっすぐな道の、まどろむような夢の質量を
腕のなかに感じていた
僕たちはみな、虹の七色に染まる手を持っていた
それをきらきらと動かして
僕たちは、ほんとうは何をしようとしていたんだろう

君が指さした国道の向こうにある「空き地」を「門下」と呼びながら
そこでみなと遊び
それぞれが生まれた場所の映画によって成立する同盟が
それぞれの齢を川や海に逢着させていった
僕はその汀で生まれる子の親になる予感を抱いて
緑に包まれた森の暦のように一人、内に輝いていた
僕はいくつも流れた星と、僕の内で隆起する小さな恩寵の交叉に導かれて
この家に一人で立ち止まる正しさを知っていた
君はかつて見た国道を越え
眠りながら山や川の論難を抜けていった
そのとき他所に向かう列車のなか
君の懐に隠された十字が小刻みに揺れていたのを僕は知っている

もう夜も更けていた
この家に現れた夢の残滓を総括する器として

僕は文字通り渦のなかにいる
だけれどいったい誰が話をしているのだろう
「何か分からないもの」の奔流に崩れていく家に暮らし
一人称というものが「わたし」とも「わたしたち」とも
僕にはいえなくなっている
いったい誰が話をしているのか
僕と入れ替わっていく人称への予感が透明な自己を携えて
傾きかけた家をなだらかに俯瞰していた

撓る弓のようにその筋と血を全方向へ漲らせながら
クローバーの群生のなかで「破片」が断いていた
炎、草木、風のかたち
そして小さな星々——
これら、僕が今「フィグィス」と名付ける現象を体表に集め
月のように黄色い微光を放ちながら

馬は「抒像」として屹立していくかのようだった
それは「受像」とは異なる世界の表現へ移行していく言葉の過程を
傷を負いながら歩き続ける生命の姿のように見えた
そのとき生き物の寿命とはどういう意味を持つのか
ここに現れようとしている世界に食らい尽くされるのでもなく
未来を占める恐怖によって全てを屠られるのでもなく
言葉の奥の「いとま」で何かを萌え出させては消えていく
果てのない命の荒天に
不死が関与しはじめる、ということになるんじゃないだろうか
少しだけ開いた家の窓から
自らを描いた斜線の最後の飛沫を届けるように
雨が吹き込んでいる
鮮やかな水の匂いと生成の予感が僕の鼻腔に広がっていた
そのとき師と「破片」が実体を伴って家に入ってきた
馬は「抒像」のなかに「不在」の観念を働かせ

そこに「より在る」ようにも「より無い」ようにも見えた
死の周辺に作られた生命の端切れとして
動物の最後の自在を行使しているようだった
師はその背から生えた若木とほとんど見分けがつかなくなっていた
そして雨のように、風のように
かれらはこの家に入ってきた
そのとき動いた大気のわずかな揺れに影響されたのだろうか
同様に僕も導かれるように、かれらと同じ部屋にいた
多くの四季が僕たちをめぐっていた
そして多くの比喩があった
それらの通過した痕跡が「師の樹木」に見られていた
過ぎ去ったことのすべてをそこに思い起こそうとする激しい集中によって
薄黄に色づいた鋭い葉が逆立ち、そよいでいた
被写の果てが尽きるように
放たれた矢のひゅうっという静かな音が家を貫いていった

比喩の弧は自らを遂げてなお永遠を反復するだろう
いつか僕たちは
喩えられる両者を等価以上のものにする天秤の
どちら側の皿に乗っていたのだろう
その天秤は生と死の
どちら側に傾いていたのだろう
鏡面にも見えた師弟の体に自分たちの姿が映らないことを予感していた僕たちは
闇だけを探す無能な手のようだった

雨が吹き込んでいる
この家に出入りするあらゆるものへの許可を意味するように
白いレースのカーテンが揺れている
外では Kola に手を引かれ
二人でどこかへ旅立とうとする弟子の姿が見えた
「フミン、 わたしと共にあるあなたの死を、 あの家の死をわたしたちは表現しにいくのだわ」
それだけが聞こえた

v　Kolaの歌声

悲しみの底にある世界への入り口がこんなに開いている
あなたの命の蝕みを耕した人たちの巣から深手を負って
あなたたちは逃げてきたということね
言葉に命を吹き込んだわたしの自己も苦しい
わたしが一人だけで広げないといけない世界の入り口があるのだから
わたしがあなたと口づけをしたときに飲んだ、あなたの世界の水
そこでわたしを浸していく苦しみが
強く、きれいに思えたの
わたしがこの森に植えた苗木の、これからはじまる年輪の奥に
原子に晒されたわたしとあなたの遺伝子がざわめくと
真っ暗な宇宙を裏返しながら
わたしたちの深手をなんて小さな生き物が癒していたことだろう

あの生き物を何といったんだろう
わたしは壊れた人形と呼ばれながら何回でも踊ってみせた
あなたの瞳も死んでみせたのね
意味もなく
なぜなら代行を離れないままの犠牲は薄ら寒い善悪でしかないから
その善悪に似すぎている人たちは
結局みんなわたしの敵になっていくのだから
だけどあなたたちがここに現れたことに意味があるとして
どうしてあなたたちが誰も代わるものがいない「あなたたち」だといえるの？
正真の「あなたたち」だと、「本人」だといえるの？
あなたたちのどの語りが、どの文が
どの言葉がそれを証明するの？
わたしだってそう長くはない
移行と交代がすぐそこまで迫っている
わたしはあなたの時間に命を吹き込む

あなたはそこに一つの声としていてほしいの
わたしは声を交響させたくはない
あの愚かしい空域をわたしは許せない
父たちが行った偽善も恐怖への知ったかぶりも
そして誠実さえもわたしは殲滅したい
だけど本当は、わたしにしたいことなんてないの
わたしはエビの料理みたいに真っ赤な炎のなかにいる
あなたはあなたが知っている小さな馬の色のようではない
薄青い炎のなかにいる
わたしはあなたに関して考える
あなたが言葉を知っていることと、あなたが両の瞳を失ったことが関係する「文盲」について
それはあなたがあなたではないということの結び目でもあり
あなたがあなたであること、「本人」であることの結び目でもある
なぜなら言葉の奥に住まう本当のあなたには
文字もまなざしも届かないのだから

あなたは遠すぎる「本人」の
最後の表現なのだから
それでもわたしはこういってしまう
「あなたはどこから来るの?」
もしあなたが人の排泄物のなかから来ないのだとしたら
もしあなたが人の苦しみや希望のなかから来ないのだとしたら
あなたという「本人」はどこにいるの?
どこから来るべきなの?
あなたが、「詩」なの?
だからあなたの、わたしへの告白を
わたしは待っている
なぜならあなたが「詩」であるのなら
それはあなたという「本人」をわたしのところに届けるから
そのためにわたしの周りの世界が、人が、魂が
大きく変わっていくから

あなたの真っ黒な眼窩からこぼれ落ちるあなたの魂が
わたしの四肢にかかっている靄を晴らすの

わたしたちは傷つくのではなく
どんどん失っていく
痛むのではなく
どんどん忘れていく
わたしが語るのはこの苦しい気持ちを語るすべがないから
それでいて何も語れないのはわたしがどんどん失っていくから
わたしが生前的な死であるように
あなたたちの現存もそこで死に絶えている
だからフミン、わたしと共にあるあなたの死を、あの家の死を
わたしたちは表現しにいく

vi　シンヨウの軍団

また別にこの家を訪う者があった
それは訪うというよりも気団のように押し寄せてきた「本隊」であり、「受像」だった
それらによって師はこう表現されつつあった

濡れそぼった外套は厳冬期のもののように見えた
擦り切れ、ところどころ破れているベージュの編み上げ靴がその下から覗き
踵には彼の生前の名前が刻まれてあった——

まるでこちらに描写を促すかのようなあからさまな光の殺到に
師の体は蝕まれていた
それでいて、師のうつむいた顔には描かれることを拒むような靄がかかりはじめていた
ぱっくりと開いた頭頂をめがけて

師の体内から無数に競り上がってくる何かがあった
それは爛れるように顕現しはじめた師の姿を特別な力で囲繞していった
そのとき聞こえた集団の声は、陳腐さを隠さない事後的な「批判」のようだった
自分たちが為したことへの悔悟の念などはなく
「詩」の果てにありつこうとする人間の陳腐な「いい回し」だけが
そこにあった
忘却する者たちの豪勢な到来を僕は知る
かれらの声と増え続ける意識は万人の見える場所をただ歩いていた
それだけのことだった
この森の「可能性」とは、「救いの難解」だった
そこに到来した転機についていえば
馬鹿々々しいくらい単純な物語によって理解可能なものに置き換えられた
僕たちの家があったということだ
僕たちの森は世界に晒される
ミルやエル・イドのいない世界が催す根源的な眠気に侵食されながら

僕たちの家は朽ち
自己を忘却していくまどろみのなかで幻獣の一途に融けようとしている
その向こうではさまざまな「破壊」を植林する者たちが立ち上がっているだろう
人間の髄によってじかに反射される悪夢ほど安易なものはない
「　reveal　」という言葉はその内で人がする仕草を失くしていく
この森の枝葉のそよぎはそのように死ぬだろう
僕たちの家は痩せ衰えた言葉が魂の死を生きる場所になる
そこから生まれ出る菌類の発作的な語りが空間を埋め尽くそうとしている
その直下にあって苦痛に顔を歪めながら
死に瀕した精神と話をする自己の絶対のなかに人は隠れていくだろう
そのような時間の暗室で
かつて師と同じ命の悲しみを偽装した者たちが言及する「真実」とは
いったい何を意味しているのだろう
「　reveal　」という言葉は
「そして魂に触れる」という物語をのちに語りはじめるはずだった

そうした含意を持つ詩の軌跡を僕たちは見ていたはずだ
僕が君に伝えたいのは
それによって形づくられた批評の一辺がこの家だということだ
僕の名前はエル・ノウ――何も失わない者
だけれど僕は今、僕たちの命の表現の場を、生を、失いつつある

師を追ってなおも軍団が湧き出している
この森を通るのであれ、迂回するのであれ
それらは迅速に目的を果たすだろう
「それぞれが傷つきながら、比喩も得ずに」
事後の空間に時限の声がこだましている
そうだ、比喩を得なかったのがあなたたちだと
椅子に深く腰掛けるように、僕は応答する
いったい人生を愛するとは比喩と魂の一瞬の交叉がその体に蘇ることなのではないか
喩えた何かが自分と交わり、心の果ての「永遠」に消えていく

その縮尺の悲しい移り行きこそが
「人」だったのではないか

すでに師と馬はあてのない旅の準備をしていた
馬の体はもはや月のような色ではなく青白い冬の実像になっていた
この部屋に生まれる現象が、すべてのものの見方ではなく
すべてのものの原子の姿を変えていく
であればあなたが「詩」なのかと
かれら師弟がかつてあった森の夜に君がいうべきだった言葉を
僕は声に出そうとしていた
だけれど師の背骨から伸び続ける樹木は
僕たちとは無関係にいつまでも枝葉をそよがせているだろう
今、俯瞰の場からさらに高く中空を舞いながら
僕はかつてあった僕たちの小さな家を見つめている
大気がかたちづくる弧の全辺にほどかれて

新たな故郷の場へ僕は放り出されていく
外は荒れ狂っていた
意思なき時間の質量がエル・イドと師を押し潰し、埋葬していった
そして一つの時代が終わる
だけれどそれは今起こっていることなのだろうか
あるいは僕たちが師弟に訪われてかれらを見た、はじめの一日に終わったことなのだろうか
「それぞれが傷ついて——」
軍団の声がいい訳がましく空間を埋め尽くしている
昨日、シャロンという名前の猫が死んだ
遺骸は一瞬で微生物に分解され
「影と闇を愛するもの」という名に還元されたのち
一瞬の愛へと遡及し
無の奥を広げていった

雪混じりの雨が降っている

君が指さした国道の彼方
「受像」の光にじっと耐えている空き地を「エーカー」と名付け
そこへ向かって僕は歩きはじめていた

II　ティンバーランド

i　荒地ではなく

韻律の滑り台を下まで降りて
多くの木々が伐採された地平の光を
フミンは遠く見ていた
湖面のような網膜に降っては消えていく雪のように、口を閉じたまま
堆積した価値の靄に覆われていたその場所を、ない瞳で
ずっと見つめていた

自分が摑みうるだけの小さな世界の朝を
まだ芽生えない言葉の幼年に育てられるように、フミンは歩きはじめていた
どこからか流れてくる音楽に導かれ、その内で鳴る打楽器の律動を踏みしめて
乱立する切り株をKolaと一緒に飛び渡る
この世に一つしかない地平で別れを告げ合うときにする言葉遊びのように

Kolaの髪に吹く風を、心の弦で弾いていた
遊星が近くまでやって来ては
フミンたちの間をゆっくりと通過し、遠ざかっていく
そこに住む斥候（誰だろう？）と目を合わせることもあった
師の故郷でフミンがいつか見た川よりも透明な力の結びつきが
そこかしこで起こっていた
ざわめくのは炎、草木、風のかたち
そして小さな星々
手を触れれば世界からなくなってしまいそうなKolaの心から声が聞こえる
「それらの無声音が言葉の栓を抜けば、国も大気もあるわ」

影絵をするみたいにフミンがつくった指のかたちをKolaの音楽が通っていくと
向こう岸まで走る貨車があった
あの列車に懐かしい生き物たちと乗ったことがあると
歳を取ることのない報いと恩寵のようにフミンは思った

たしか、師と、猫と――
魔法のように、というと違うのかもしれない
事物と大気の衝突によって生まれた言葉にだけ命があるように思えた
撥音のようなその発生を乗せる感覚のレールが大きな円を描いて
フミンの世界の稜線になっていった
そのうちフミンはKolaとする指笛のしかたを忘れ
小動物のような言葉の芽生えが「 stupid 」と
どちらかの頭を小突いていた
それから言葉は「死んだよ」とこともなげに伝える
見えない緑がざあっとそよいで
遊星がまたやって来ては遠ざかっていく
川になった文の昇華がそれと交叉してようやく言葉が人間の創造になるだろう
だけれどフミンの師をかつて守護していた「木漏れ日」は
もう星々のクレーターのような「錯乱」になっている
斥候の顔が哀しそうにフミンたちを見て

口元が何かを呟いていた
「死ンダョ」

フミンはいつだって人たちの幼子だった
正午の鐘が遠くで鳴り
疲れた母音の交響がそれに先立つ破裂音のきっかけに鳥のようにとまる
口づけをしたままフミンの歯はかつかつとKolaのそれに当たっていた
日照の乱反射が荒れた地平を驟雨のように過ぎていった
かつての光の借家が雨の向こうに一瞬だけ幻視され
語られかけたままの物語を浮かべた水路がフミンの足元まで伸びていた
生き物から生き物へと移っていく影が
フミンの後ろで道に迷っているみたいだった
Kolaから生まれようとしていたフィグィスが「さまよう影」を吸収しては
止まった世界に未知の時間を与えていった
それらの反応が「エーカー」を伝うことはなく

育つことのない現象として地の底へと染みていった
「死ンダヨ」
合わせてもいくらにもならないフミンとKolaの年月の姿が
そのとばりに建った家が
永遠という、ここことは別の領分で夢を見続けている
人の手の淡いぬくもりを伝える一音がそこから聞こえてきても
フミンの魂がここを離れていく様子は見られなかった
自分の本当の名が刻まれてある編み上げ靴を脇に抱えながら
湿ったシリアルのような食べ物を口に含ませて、フミンは横たわっていた
隣では「雪が降ったよ」と今朝がたした録音を
その内の情景も含めてKolaが解体しているところだった
「生まれる前からずっと降っていたんだよ、ではないのかしら」
Kolaが解釈した意味のなかから
かつてフミンと師の姿を造形した羽虫たちが舞い上がり
ここととどこかを結んでいる弧の、億の縮尺の彼方へ飛び去っていく

この土地ではそれから次々と言葉が生まれてくるというのではなかった
かつてあったものの影と影が重なって実体を必要としなくなるまで濃くなっていく
じっさいフミンは自分の影にたいして自己を持ちこたえられなくなっていた
穿たれた眼窩による極限の労働のすべてが
フミンの影に移行していった

Kolaの体に浮いた骨の筋にフミンはかつてあった瞳の道をそっと沿わせていた
どれくらいの時間をかけてそれは彼女の手のひらへと繋がるのだろうか
気が遠くなるほどに懐かしい韻文の光がフミンの故郷の川を代行して
抉られた眼窩に注がれていく
Kolaが語った未来の可能性に同調した羽虫たちが
ここを通っていく遊星に郷愁を抱きながら燃え尽きていく
「一緒に壊そう」
そのあとでKolaは何を意思していたのだろう
フミンの記憶は薄くなるのではなく

より大きな情報の体積のなかに移っていくようだった
生きて在ることとの残滓から残滓へ、そしてフミンの影へと移行していくかつて言葉だったものが
力を失いながらフミンの命を内に押し広げ
亡き者と亡き者を繋ぐ世界の秘密に融けていく
「終わった?」とそのときKolaは誰にというのでもなく声に出していた
荒野とも思われた地平に射す遊星の光がKolaの四肢を補完していた
Kolaの松葉杖からフィグィスが現れるたびに彼女は杖を空高く放り投げて遊んでいた
いや、ない右腕がフィグィスだけを杖から「抜いて」
さまざまな現象の組み合わせを空に投げ上げていた
「炎」が「風のかたち」と共に、「草木」が「小さな星々」と共に
ここを過ぎていく遊星とぶつかってはエーテルになっていく
すると完全に調和のとれた片腕と片足で自立する彼女が小高い岩場で小さな音楽を歌っていた
そうやって死を迎えようとしていた魂を声のなかに振動させながら
恢復していく自らを世界へ開こうとするのだった
ない方の腕とない方の足のこれからあるべき意思によって

そこにかかっていた靄が晴れ
そのとき彼女が地上に引かれる一本の垂線のようにフミンには見えた
いったい人はどのようにしてフィグィスになっていくのか見ることが出来るかもしれないと
フミンは心を躍らせた
だけれどそれはKolaのこれからあるべき意思とは矛盾していただろう
「一緒に壊そう」
その想いが深く沈んでいく場所にKolaの体は自己を遂げている
もう自分のことを「悲しい」といわなかった
そうやって彼女じしんがフミンに別れを告げようとしている無意識の行間に
二人の唇を重ね合わせ
誰にも知られることのない「血の証」を添える
「わたしは生まれ変わる」と
彼女も「本人」になろうとしていた
枯れた草木が蘇る水辺の幻影まで「ない瞳」を進ませながら
フミンの言葉はフミンの生死を致命的な批評のように問うていたが

偽ることのない親しみもその問いに満ちていた
フミンの「かつて生きた瞳」が、フミンじしんを見つめ直していた

フミンと師が暮らした廃屋は内に燃え尽き
そこを訪れる弱々しい影たちが自らの比喩と出会う、一枚の
あるいは、一葉の湖面になっている
人たちの一日がそこに映されて
同じ窓ガラスの破片で同じ傷を作っている
それはもはやフミンと師の家ではなかった
なぜならそこにあるのは形骸化した言葉の現象だけだったから
フミンの「かつて生きた瞳」はその家のなかに光の穏やかさだけを認め
無関心という宇宙の弧に、フミンを投げ出している

Kolaが歩けば道々を死者が通っていくようでもあった
「キョウハサカナガタクサンウレタ」という声もそこからはして

フミンたちも水棲の生き物のようにまどろむことがあった
その境界を「みぎわ」と発音しながら
これから生まれる子の手を引いて歩く父親がいた
フィグィスから放散されたさまざまの現象が
フミンたちの中空でいくつもの星座のかたちになり
切り残された若木の先端には
七色の緑をちりばめた魚が打ちあがっている
だけどそれでは足りないというように
七色よりも多くの飛沫をあげる大気の方へ消えていく
「どこから来たの?」とKolaが問うと
「ここよりずっと下の螺旋から、詩のように跳躍した」とも
「まだ熊には食われたことがない」ともいう
宇宙に向かって引かれた垂線を軸にして
火柱になっていく若木だった
その木に円を描きながら降りてくるゴジュウカラの薄い青が

フィグィスの新芽の緑を啄み、鮮やかになっていく
小さな鳥の羽が掠める火柱の先端で
まだ孵化することのない魚の卵が朝日を受けはじめている
世界を筋と血だけで押しのけようとした力の、この身を裂くような跡が
その卵にもう刻まれている
「この七色の悲しみのなか、緑色のなか」と
何かおいしそうなものを頬張りながらいく親子がさっきまで見えていたのだが
沢の音がする方へ消えてしまっている

「荒地じゃないんだね」とKolaが少年のような声でいう
「ここのことをいっているの?」とフミンは衰弱した声で反応しながら
Kolaの早すぎる、輝くような生長の速度に包まれていくようだった
互いが生きる座標も知らず
それでも同じ場所で意識を交わし合う
そんな最良の日々をフミンとKolaはいつも一緒に眠って過ごした

「新しい一日、というう名かもしれない」と
聞こえないくらい小さな声で
ほんとうはこの地における「未来」を知っていたフミンが呟くと
すでに向こうを走きはじめているKolaから贈り物のような微笑を向けられていた
そのとき人の姿を組成する線という線を解体し、身体の概念を変えていくかのように
フィグィスがフミンの輪郭を疾走していた
フミンの呼吸がゆっくりと大気のなかに押し出され
フミンから影が消えていった
光が集積する場所だけをそのときフミンは見ていた
切り株のあえかな息吹がその周りだけ雪を融かして
内から温められた土がふっくらと盛り上がる
唐突にフィグィスの濃い匂いがフミンの鼻腔を殴っていた
鮮烈な未知とフミンの命がそこで入れ替わろうとしていた
炎、草木、風のかたち
そして小さな星々——

耳をつんざくような無声音が道々を抜けていった

（国も大気もあるよ）

水平線だった
そこではみな声や言葉よりもきっと

ii　夢見る者たち——フミンの死の跡で

熟れた果物のように体から離れ落ちようとしていた命が
言葉の「いとま」でいっときの昂ぶりを見せていた
呼吸は荒く、意識を朦朧とさせながら
「これを」と何もない手のひらをフミンは翳すのだった
「僕も詩なんだ」
フミンの直さに導かれるようにその傍らに僕もゆっくりと目を覚ましていた
僕たちを分割していた大気のパーテーションが鏡のように砕け
やせ衰えた二つの骸骨を向かい合わせていた
僕たちそれぞれの魂が持つ宛先の途上で、僕たちは交叉していた
それぞれの内から舞い上がる蝶の合一が意を得て螺旋を描き昇った
事物が大気と結びつき
そこで終わっていく言葉の過程より先を

だけれど、どうして僕たちが求めうるだろうか
僕たちはどんな言葉も「使う」ことができなかった
言葉そのものである自己を酷使した幻獣の昔話を
言葉のなかに閉じ込めるように語りながら世界に蒔かれた
僕たちは種だった
詩を書く前に何に訪われていたかを君に聞いたときの答えと
それは少しだけ似ていただろうか
「誰にも見えない詩だったさ」
もしフミンが君の「答え」を聞いていたのなら
「どこで、誰が、詩だったの?」と興奮しながら問い返しただろう
すべてに先行する音楽の模型が僕とフミンの上空を旋回していた
その円環に互いの腕を通して
「ここまでは僕たちの想像通り、美しい」と
やがて来る時間に砕けていく自分たちの魂を支える幻覚を
僕たちは見るようになった

まもなく僕は、僕が比喩すべき命の半分を失う
宇宙へと隠遁していく人称のなかに
フミンは送られていく
それでも僕は光のなかの光をつかまえ
僕の奥へと隠れる暗黒に寄り添っていくだろう
それを「詩を生きる」と
あの森での若い日々に、僕たちはいったのではなかっただろうか
繰り返される光の生成が枝のような先端を伸ばしている
それを誰かの瞳が見つけることによってはじめてフィグィスになる
まだ暗闇のなかにある芽吹きを
ゴジュウカラに変身したフミンが啄みはじめている
そこで正確に表現される命の一回性のなかに見たフミンの夢が
僕の体から溢れ出していた
あるいは僕の夢がフミンの体の果てに全き理解を求めにいったのだろうか
それぞれの暗黒が

それぞれの瞳のなかで交換されようとしていた――
僕がするフミンへの「止め」は
これくらいでいいのだと思う
比喩の鎖の連結が永遠の弧を巡り、己をただ呟いている
それだけのことなのだ
闇だけが見つめる一人称の同化がそこで起こっていた
その意味は、「誰もいない」だったが
「そこに誰かがいなくてはおかしい」という苦笑いにも似た言葉の「抵抗力」は
僕の頬を赤く色づかせてもいた
二つのストーブが消えたあとの二つのストーブのあいだに、「わたし」がいる
今はそれだけを君にいうことが出来るのかもしれない

灰と青に染められたカーディガンを羽織って
鳥は空に放たれていた
そこからかすかに聞こえるのは

むかし機械に録音した故郷の川の音だったかもしれないし
風の音だったかもしれない
ここは何もない場所だ
死者をかたちづくる複眼の虫たちも方々へ飛び散って
僕の体は光のなかに闇をとらえる、新しい生き物になろうとしていた
遠くから響いている誰何の声が僕の新たな名前を発音しようとしている
だけれどそれは僕の内の何を起こそうとしているのだろう
ずっと昔、あの家から見えた冬の山を
まるで電車ごっこをするかのように登っていった旅団のことを君は覚えているだろうか
猛烈な吹雪に襲われた小さな体の複数形が
今日より先の未曾有をいく愛の兆しの周りで暖をとっていた
自分たちに襲い掛かかろうとしている「死」にも平気な顔をして
全員が全員を同時に見つける「変なかくれんぼ」を
かれらはしていたのだったか
カードゲームをするときのように座ったまま

みなを「果て」で見つける瞳に
互いにしか分からない創造のすべてを、注ぎ込みながら――
今日、旅団の「かくれんぼ」に新顔が加わるとして
いちばんはじめに見つけられるのはフミンだろうか
彼の「ない瞳」で誰かを見つけるよりも
それはほんの少しだけ簡単なことだと思うから

新しい地平線の表現であるかのように
羽が左右へと伸びていった
僕とフミンの魂の重なりが小さな鳥になって
僕の手のひらにとまっていたのだ
それに気づいたのだろうか
「フミン？　あなたに「違い」はない？」とKolaが「僕」に訊くのだった
「だってあなたの顔だけ時間が止まっている
　瞳が蘇っている、新たになっているの！

わたしとは違う時間の流れのなかで起こっている生長のように」
ああ、手仕事が好きな者の時間もそうだよと
Kolaが多くを理解していることで生まれる悲しみの幹が
彼女が肌身離さず抱えている杖によく似ていると思いながら
僕は静かに呟いた
あるいはKolaは理解というよりも
僕の言葉を引き延ばす作業に没頭しているだけのようにも見えた
つまり「雪が降ったよ」では短いというように
「生まれる前からずっと降っていたんだよ」と
そこで言葉が言葉じしんへと遡及していく物語を
四肢の自由に委ねながら
一瞬の出来事として
Kolaは組み合わせているようなのだった
それは「受像」に融けていくことを拒絶し
それでも「叙景」にはなりえない

冠詞をなくすような僕たちの姿を表現してもいた
世界に省かれている場所で一生を終える
たしかに僕たちはそのような運命を伝う染色体の悲しい水滴なのだが
ほんとうにそれだけのことなのだろうか
「その内側をやさしさで蝕みながら、いつか世界に現れたいの」
自分が生きる場所をきゅっと指で押さえるように
Kolaが呟いていた
僕とKolaは階梯を下る力を
あるいは自由を欲する自らの力の根源を
握りしめているだけだった
その力が問う僕たちの是非とは
終わった僕たちの時間の上に何を加えるのだろうか
新しい世界の兆しが僕たちの魂に語りかけていた
それは死の表層に現れ出た僕たちの
暗黒を用いた言葉のやりとりの姿だった

二つの中心が挽き合うように
僕とKolaはそれぞれの影を擦り潰し、肉迫させようとしていた
相手がほんとうは誰かを知らないまま
互いの死がそこに注ぎ込まれるたった一つの人称を
同時に発音しようとしていた
そのとき、「もう過ぎたことなんだ」という途方に暮れた了解が
どちらからというのでもなく生まれていた
あるいは風のかたちの頬を持った親和力という名の宇宙が
僕たちを通り過ぎていったのかもしれない
階梯を下る僕たちの力が「道」を見つけられなくなっていた
「僕も詩なんだ」
「わたしも、そうかもしれないの」
二人の同意によってあらゆる表現力がそこで停止していた
僕たちはずっと前にここにたどり着き

僕たちの命を駆けめぐった言葉の「いとま」に吹く風のなかで
何年も、何十年も生きていた
「多くの時間を抱きしめていたのね」とKolaが呟いていた
「僕たちもこうやって、懐かしい者になっていく」と僕は答えた

iii　宙《そら》を歩いていく

白いレースのカーテンが揺れていた
調律されることなく壊れたピアノの鍵盤を雹のように叩く誰かが
　この部屋にいた――

いま、僕たちが暮らしたあの家のことを思い起こそうとするのだが
いったい扉にはどのような装飾が施されてあっただろうかと
虚無のなかを進んでいた言葉の運動が停止し
僕の手はもう踊りたいとは思わなかった
「生きる力の果て」とどこからか漏れる声があった
僕がそれを語ろうとした生命じたいが「果て」にしかなかった
そのために入れ替わる比喩が
自己を遂げ終えた者たちを集光していた

あまりにも思い出すことをするあの家に飽和した現象は
ここにある「未知」を予見することはなかった
だから鬩ぎ合うように僕の内から湧出する死者の
ここへ殺到しようとする姿に
僕は笑ってしまうのだ
もう「果て」にさえいない者たちは
子どもが描いたような幻獣の姿で世界に懐胎されはじめていた
新たに古くする死者への想像力が
明日には建て替えられる家としての僕に、別様の仕方で遡及していった
そして新たに古くする家に授けられた命は
そのすべてを言葉が享受するのではなかった

等しく「受像」の透過に侵食されて
亡き人が亡き人になる場所に闇が降りていった——

エル・イドについてまた書き起こそうとすると
引き返すことが出来ないような苦しみが襲ってきた
もうそれらが書き足せないものになっているときに言葉の舟がいく場所は
難破の箇所に栞のように差した魂の、そこから動くことのできない死であり
その可動域を示唆するのは今日、Kola の頬のやわらかさだけだった
だけれど彼女はいったい何を記憶しているのだろう
あまりにも思い出すことをしないこの「エーカー」という場所で

エル・イドの涙を、シャロンが舌で跳ね上げていた
シャロンの舌は、跳ね上げていた——

シャロンとはいったい誰だっただろうか
きっとこれを読む君は、何も覚えていない
エル・イドの眼窩のことも、ミルの姿も
フィグィスのざわめきも、そして

師の名前も
ではまた書き足せばいいのか

師弟の体は青白い炎の低温によってすでに燃え尽きていた
だけれど新たに古くする語りのなかで蘇るかれらの若さは
その魂の周囲を惑星のように活動しながら
それとは知らず、この世界を愛しはじめていた――

ただの可能性でしかないが
フミンとシンョウが兄弟のようだったということもあっただろう

ドアを開け
僕たちは何の屈託もなくかれらと挨拶を交わし合っていた
僕たちと似ていた彼らの姿は
その瑞々しさによって家を内から明るくしていた

栗の木でできた丸いテーブルを囲んでみなが座れば
ある者はすでにコーヒーを
あるいはビールか紅茶を飲んでいる
あきらかにそこには数えられる人数より多くの命があった
それぞれの話が尽きて夜の帳が降りはじめたころ
君は頬を紅潮させながら一本の光る線分のようにその場に立ち上がり
僕たちの、今日生まれ変わっていく娘を紹介しようとする
しかし「客人」に向かってではなく
Kolaの方へ顔をやり
彼女の傷跡の名前を、彼女のほんとうの名前を
彼女に告げるのだった
「きみの名は、フィグィス」
それからようやくKolaは
自分の前に広がっている宇宙にたいして
「はじめまして」と

小さなお辞儀をする――

向こうをいく一艘のボートが
ふと角度を変えてこちらに進んでくる
そしてまた僕たちの目の前で角度を変える
それはあの家で僕たちがサボタージュした
言葉の技術の一つなのかもしれない
もう一度、今度は君によってドアが開かれる

若い師弟の姿がそこにあった
ドアから吹き込むのは止むことを想像すらできない吹雪だったが
僕たちはかれら二人の燃えるような息をずっと見ていた
するとそれぞれに一杯ずつの紅茶を
かれらは所望していた
一口、そして一口と

かれらがティーカップに唇をつけるたびに
この部屋に広がっていったのは恐怖ではなく
かれらの伸びゆく意識とその明るい倍音だったと気づく
そのすべてではない、まったく謙虚な音域の
さらにかすかな一音をかれらは「自己」と呼びながら
この家のずっと向こうの雪原まで
そのなかに一匹の猫を飼っていた外套の裾を
山の稜線のように広げていった
するとそこをいく、ザイルで結ばれた小さな旅団の話を
師弟は懐かしそうにはじめるのだった
その話があまりに愉快だったから
外套に隠れていた猫が吹雪のなかに飛び出していく
そして小さな旅団の冒険に合流する
「どこにいたんだ」と
旅団のメンバーは笑いながら猫を迎え入れただろう

「そっちこそ歳もとらないで、どこにいたんだ」と猫もいい返す
そこは依然として収まる見込みのない荒天だった
喘鳴する大気の虫たちがその脊髄をあらわにしながら
一斉に「受像」へ向かって蠢きはじめていた――

何度でも、僕はドアを開けようと思う
それは不可避の衝突だった
今は世界との
そしてかつては
あの家にやってきた古い世界との
だから風が吹いていた、荒れ狂っていた
鍵のような孤独によって少しだけ開いた窓から、扉から
新しい人たちが時制も知らずに僕たちを訪ったこともあったのかもしれない
僕たちは新しい人たちの不思議な明るさに導かれながら
かれらとどこまでもいくことだって想像しえただろう

だけど新たに新しくすることしか出来ない人たちも
灰色の雪崩の
大きな翼のなかに飲み込まれていく
その斜面を死を賭して登っていった生き物たちの姿が
次々と思い出されていた
若いシンヨウ
若いフミン
それから——
いつも可能性の内に隠れていく無機のさざめきだった
そうやって僕もまた「新たに古くなる者」の一人だった
死んだ羽虫がそれへと変換される空気の層から乾いた粒子が舞い落ちて
Kolaの心の被膜に付着する
そこから生まれた「未知の子」が波紋をもたらす文字で
何かを書き綴っている
新たに古くする語りのなかに人間の創造が文として現れ、覆すことを

僕は願っていた

語りの層を下へ下へと進みながら
僕とKolaは「エーカー」の朝に体を起こしていた
あの家の開いた窓から吹き込んでいた不安と恐怖のなか
食いつくされた正しさとして生命を欠損したまま師弟が現れたのと同じ朝
均された光をかき混ぜながら
白い飛行機が旋回していた
そこかしこで気流が生まれていた
かつて事物が大気と接触して言葉になっていたことのかわりに
とでもいうかのように
そして情動のない無数の現象が
別の世界からやってきていた
比喩の連環をいく僕たちの道には多くの命の名前があった
遊星の灼熱がそれらを滅ぼしては芽吹かせる「文」もあった

その「文意」の淵でいちばん高くまで跳ねた魚を探そうと
僕たちは昔
競うような笑顔を互いに向けながら森を駆けていた
僕は「エル・ノウ」――忘れることのない人
僕は僕の名前にまた会っている
僕が見ていたのは
ほんとうはあの家の窓から吹き込む吹雪でも
エル・イドでも
師弟でもなく
机の上に描かれた一羽の鳥、あるいは一艘の舟
あるいは、それらと共に震えている「詩」だった
そうやって思い出すものたちが僕と対話を繰り返しながら
無数の影を僕の言葉に与えていった
嵐だった
エル・イドと共に現象した者たちが家の内と外を荒れ狂わせていた

だから今
あの森に現れた師弟について僕がずっと知っていたことを
謝るようにここに置くのなら

まだ明けない雪原の向こうを賑やかにいく旅団が
そこで消息を絶っていた

そして最後に誰が扉を開いたのだろうか
おずおずと、慣れないような口調で
その続きが語られはじめていた

わたしたちはそれから
ヤマボウシの赤い実のように揺れながら
銀の鱗粉が一面に舞う朝の冷気に包まれて
ゆっくりと地表を離れていった

だけれど壊れた鍵のように冷たくなったわたしとフミンの魂だけが
この世界のどこかに引っかかっていたからだろうか
空を飛んでいるとは感じられなかった

「闇」という

わたしたちの生それ自体である苦しみのなかで
わたしたちは自己の言葉と瞳を失っていた
そしてまたどこかに現れては
もう終わりつつある物語の奔流に消えていく
わたしたちはいつも最後を訪う者なのだった
その永遠の折り返し地点でもあるこの家の前に
自己を遂げることを静かに拒みながら
わたしたちは何度も現れ
生きたことへの愛着を断ち切れないままそよいでいた
風が窓から吹き込んでいるようだった
「僕たちの家にまた何かがやってきているね」と

なかから声が聞こえた
君は扉を開けるために椅子から立ち上がった
君たちの詩を読む誰かを君たちはずっと待ち続けていたからだ
そしてわたしたちを家に迎え入れた
それからエル・イドという「死者」の周りにみなで集まり
「自分と最後まで似ている命」を
互いの瞳の奥に
互いの瞳を穿つまで、探し続けた
それは死という共同体を確保しながらする、狂ったような賭けだった
なんという危険を、君たちも犯していたことだろう
わたしたちはいつか亡き者の世界からもいなくなる
なぜなら、亡き者の世界に隠された扉を通って
わたしたちはこの家を去り
また歩きはじめなければいけないから
そのとき「ここからまっすぐに」と

愛嬌のある顔を厳しく引き締めて
それでも自己の内に秘められた「快活な力」を全身で表現しながら
どうして君たちはわたしと共にあろうとしたのだろう
いや、君たちだけではない
フミンも
それからあの悲しそうな女の子も
なぜわたしに纏わりつき、わたしの魂を励ますような表情を
わたしに向け続けたのだろう
みな、死ぬ順番で変わっていく語り手の役を決意していたのだから
苦しいのはわたしだけではなかった
だが、「次は君だよ」
こうした話者のすこしだけ照れるような「人」への目配せが
わたしの心に触れる言葉を紡ぎ出していくとき
わたしの内に「喩え」のように二重する体温の層が
それぞれに何かを語りはじめようとしていた

そのとき「わたしたち」が「君たち」に
「君たち」が「わたしたち」に生まれ変わろうとするときの
親和的な直接性が
幻獣のようにわたしに寄り添おうとしていた
これが君たちの詩だったのだろうか
君たちは扉を開いていた
わたしは君たちといくことはできなかった
わたしはあの家に隠された扉を通って
彼方それ自体でもある橋の上を
死ではなく、生に向かって歩き続けなければいけないからだ
君たちはそれを勘違いしてはいないだろうか

iv　出発の朝に

「僕が何を去ったのか分からないんだ」
「わたしのない腕とない足も
あのかわいかった猫に愛されたことを覚えてないの」
「駆動するミルがいつか止まってしまう世界を僕たちは生きている
虚無のなかに互いをまさぐる年月がはじまっている
そしていつもはじまりだけ、はじめのリズムしか僕たちは覚えていない
そこは朝の叙景でも、昼の受像でも、夜の語りの場でもない」
「もう駄目なのかもね
こんなふうに同じ世界で話しあうこと、愛の糸引きの可能を探ること」
「僕たちは同じ光のなかで自他もなく透き通っている
体から剝がれていく僕の魂が見知らぬ光と親和して
木々もその内側の息吹を、言葉の向こう側に表現しはじめている

僕たち二人の体の意味が、もう「人」を成さなくなっているんだ」
「わたしたちは多くを失ったわ」
「僕の名前もいずれフミンのように消えていく
存在の庭で比喩と比喩の間を往還しながら、疲れ切って」
「わたしたちを横切っていくヴェールを被った何かが、そこに見えたわ
わたしはわたしの胸に手を当て、骨に手を当て、心に手を当てていう
そこからかすかな音楽が聞こえてくるの
だけれどすぐに止んでしまうの
わたしの体の、わたしが在ることの不確かな痛みのように」
「それは僕たちへと移っていく沈黙の巣のようだった
野を覆った暗い雨雲の影が
僕たちの生の場を移行させていった」
「わたしたちに証人はたくさんいた
シンヨウの木も、フミンの眼窩も、わたしの体だってそう
わたしたちは同じヴェールを被っていた

そこでわたしたちははじめから死と融け合っていたの」
「僕たちは何を耐えていたのだろうか
互いの命の声を交代で表現しながら、瞳を失いながら」
「終わったの
わたしたちはもう駄目だといいたいだけなの
でもここは荒地ではない
わたしから剝がされた心の、ただ一つの居場所、ただ一つの世界なの」
「同じ遊星の下で互いの影を重ね合わせること、手を繋ぐこと
そこにあたたかい愛の兆しを見出すことは、もうできないんだね」
「そう、肉迫するわたしたちが、わたしたちを去ったの」
「夢の終わりにそう書くのかい」
「わたしたちがどこに隠れて
それからどこに現れようとしているかが大切なの
そのために持続させるわたしたちの意識の、もっとたくさんの表現が
その根源が大切なの

わたしたちは隠れている
わたしたちの正しさは意思と行為をただ内にだけ向かわせる
それが世界に現れようがない言葉として、わたしは生きている」
「僕がそこに在ろうとしたのは
いつだってかつて暮らした森の向こう
裸になって海に駆けていく言葉の、表現の跡だった
でも、それが虚構ではなかったということを伝えるための光と影が
この世界から一緒に消えてしまった」
「違うの、濃い命の姿はいつも隠れているの
光は光のまま、影としてある
その内にわたしたちが知らない微光を懐胎しながら」
「その微光を僕は摑んでいたはずだ」
「それがわたしたちの告白なの
覚えている？
わたしたちが詩だったと、わたしたちがいったことを

だけれどそれも完全に取り除かれていると感じている
わたしたちにはもう何もないの
詩のよすががないの」
「そうやって、僕たちも懐かしい人になっていく」
「そんなわたしたちから大切なものが生まれるわけはないの
それはいつも最初だけ、最初のリズムだけ」
「だけれど僕たちは比喩をなくして
自分にそっくりな人を見ることが出来るようになっていく
そうやって詩を忘れていくこと自体が希望でもあるかのように」
「それがわたしたちの未来なのね
だけれど詩と共に在ることなく、新たに時間は動き出すの？
わたしは多くを失っている
それでも時間がわたしのなかにもう一度蘇ることを
わたしは心待ちにしている」
「持続する苦しみを忘れられるほどの比喩を

人の現身に触れ、思い出したとき
想像力のなかに生きているという自己の目覚めが
時間を生んでいく
だけれどそれは詩が終わった後の僕たちの存在の家にはならない
その時間は詩ではなく、空虚な「救い」に覆われていく」
「わたしは魂に問うている
そこに流れはじめる音楽に祈っている
だけどここが「虚ろな魂の場所」だったとしても、それでいい」
「生命を失くしたその場所に満ちているものをいうことから
僕の体は逃げていくようなんだ
僕は恐怖を周回する船の
もう何も知りたくはない乗客になっている」
「違うの、わたしは流れた音楽のあとを生きることを考えるの」
「永遠に為せないことが僕たちの心を満たすということがあるだろうか」
「わたしはときどきお腹が痛くなる

永遠に為せなかった魂がここに宿ったみたいに」
「不安と恐怖がまたやってくる」
「「現実」がやってくるのよ」
「僕たちはそこでまた生きはじめようとするんだろうか？」
「いいえ、歳をとっていくの
不安と恐怖によって食い尽くされる正しさとして
自らの心と体を欠損しながらここに生まれ続け
自分を殺すような苦しみの果てに愛を生み出そうとするの
それがわたしたちに似ている者の
本当の姿だから」
「大きくなったんだね、Kola」

v　そよ風として　from Timberland

そこに蓄積した感情の全量が体の速度を無化させていくように
Kola の言葉は心の広さを精いっぱいに表現しながらここに揺蕩い続ける
それ自体が限界と反復を意味する地平線に自己の終わりを告げる息が交叉して
命の方位を一心に探す有機の想いが世界を覆っていく
それが人の気配に触れては気流となり、ふたたび言葉となり
幅員を広げる Kola の体の幾層で温まっていく小さな天球が人体の襞にいとまを告げている
象嵌のように精密な別れの永遠がほんとうは誰の生誕を祝しているのかを僕は知っていた
そしてここは知らない者ばかりの、いない者ばかりの世界だった

雪が降り積もっていた
上空は荒れ狂ってなどいなかった
それがめぐり来ることを心待ちにして僕が生きていた春を世界がいっとき閉じ込めている

ただそれだけのことだった
だからKolaだって夜が明ければ組み直す地形図の上で
心と体の傷には似合わない旅の準備に勤しんでいる
だけれどここからは伴う人も、自分を支える棒切れもなく
僕たちは言葉だけでいくというのだろうか?
いや、ひとつの音楽のはじまりを想像することしか僕たちには出来ない
それを僕たちは言葉ではないもので誰かに伝える
「わたし」という比喩が空を見ながら穿つ自分の体によって
自分の影を表現していく
そうやって僕のなかで燃え尽きていく自分じしんの
この世界における残滓を奪うだけの死など、恐れることはないと
今、飛翔を試みるイヌワシの大きな翼のように思う
悲しみの後の物語が忘却の語り方の問題であるとしても
新たに古くする語りは僕の内側を覆し、隠れたはずの僕を闡明していく
それがどんなに喜ばしく、それこそがどんなに悲しいことか

僕たちは人の懐かしい者になっていく
ちょうど君からもらった万年筆についた、自分じしんの皮脂のように
だけれどそれを僕はどのように、これからも知らないのだろう
諸空の粒子である時間がひとりひとりに愛着して
僕たちが命と邂逅するのであれば死などはなかった
だけれども、死があるとすれば
僕たちは創造と対をなす生命のなかに宝物を抱え過ぎてもいるのではないか
吸う息が触れる記憶を内なる時間で折り返して
吐く息に含まれる身体の意味を宇宙に投げかける
「それが言葉なの」
僕への別れとなったKolaの声が
「エーカー」の被膜をゆっくりと地上に降ろしていく
それは伐採の跡に現れる、かつてあった木々の復元されたかたちと影であり
いいえないことと知りえないことの交換がそこでなされる
僕たちの魂の地形だった

感嘆詞の起源のような諸空の一点がおのずから集中していく
「抒像」の息吹があたり一面に広がり
思い起こすことの無数が無数になる場所に世界という現象がはじまっていく
億千万のそれぞれに喩えは影としてもう内に付着している
みな、心の老いには似合わない旅へ出かけていく時間だった
新たに古くしていく命の直さの棚から棚へ
文から文へいく者の
死の向こうが見えたのもこの世界だった
みな、なくなった国のたった一人の住人として
自己の扉をもう一度開ける
そこに隠されている世界があるというのではなかった
水面に広がり切った波紋の上にふたたびする水の素描
その中心に濃く滲むような、これから熟していく果実の様々な色があって
僕の国ではそれを「季節」といったのではなかったか
実りといえば秋の落葉のような死者が僕の瞳に映ることさえもそうなのだった

一夜が明ければ僕はもう一人になっていて
あるいはまだ一人にしかなっておらず
そこで僕は比喩に潜行する血の意味をまだ考えあぐねている
「シンョウとは何を教授する者だったのか」
いつも遠くで死んでしまう猫が僕の国の縁を走り回っている
ときどきは団栗のように見える瞳の奥に
そこに映るものすべてを永遠に住まわせながら
自分じしんはこうやって僕の国に遊びに来ているのだ
そして「フミンや君だっていったい何を教わっていたんだか」と
遊びまわるだけで尽きる生の、たった数秒
そのまた数億分の一秒のあいだだけ、笑顔になったら
血の前に立つ僕たちの生と死が、あちらとこちらで入れ替わる？
その現象を一語の動詞で捕らえるために生まれたのがボク？
なんだかおかしくてね、とシャロンに似た猫は思うのだ
今度は魔法のように生まれてみたい、とも

瞳の前の中空を、右と左の手で掻っ攫い
だけど悪夢を収めたのはどちらの手なのか分からない
はじめから凄惨なことなどなかった
数え切れないくらいに重ねた苦しみの記憶を直く思い起こす朝は風が吹いていた
影と在る、そんなことを君に告げるのは何度目のことだろう
ここは何もない場所だ
たとえば切り株のすぐ隣に芽吹いている若木とか
辺り一面に舞い落ちた枯葉とか
僕の国にはきっともう、何もない
可能性という硝子の韻律が今日を傷つけながら去っていく
この一文を「稜線」と名付けるための相槌を僕とKolaは最後に打って
もう言葉を生まない決心をした世界を
僕の国は訪っていく
名前のない畝と畝のあいだを星の定まりのもとに歩き

自分の血の前に立ってみれば
はじめから凄惨なことなど、何もなかった
それにしても昨日
あの沢から跳ね上がった小さな魚の煙るような飛沫を浴びていたのは
ほんとうは誰だったか

雪が止もうとしている
倒された木々の内側を走る水を吸い上げながら
灰色の雲が近づいてくる
そこに生まれ続ける無数の未知に覆われて
みなと一緒に影を失っていく僕の言葉は
赤い血が流れたあとにようやく生まれる季節のめぐりを待ちきれなかったから
死んでこそ動く舟に乗ることはできないだろう
それでもなお
舟の舳先から滴っていく惹き合う力の現身が

森のどこかで僕の国の名前を探し続けている
それはたとえば「親子」だったのかもしれないと
師弟のことを考えていたのだが
それぞれが消えていった場所の全き正しさゆえに
僕の国には誰もいない
ティンバーランドの頬を
それはかすかに撫でていった

中尾太一　なかお・たいち

一九七八年生。二〇〇六年思潮社50周年記念現代詩新人賞

詩集

『数式に物語を代入しながら何も言わなくなったFに、掲げる詩集』思潮社・二〇〇七年

『御世の戦示の木の下で』思潮社・二〇〇九年

『現代詩文庫・中尾太一詩集』思潮社・二〇一三年

『a note of faith ア・ノート・オブ・フェイス』思潮社・二〇一四年

『ナウシカアの花の色と、〇七《ゼロナナ》年の風の束』書肆子午線・二〇一八年・第10回鮎川信夫賞

『詩篇　パパパ・ロビンソン』思潮社・二〇二〇年

『ルート29、解放』書肆子午線・二〇二二年

フロム・ティンバーランド

著者
中《なか》尾《お》太《た》一《いち》
発行者
小田啓之
発行所
株式会社　思潮社
〒一六二―〇八四二　東京都新宿区市谷砂土原町三―十五
電話〇三（五八〇五）七五〇一（営業）
〇三（三二六七）八一四一（編集）
印刷・製本
創栄図書印刷株式会社
発行日
二〇二四年十月二十五日